Britta und Colin

Die Nacht der Bestie

Text: Robert Genin Zeichnung: Didier Convard

D1923662

EDITION
comicArt
IM CARLSEN VERLAG

Didier Convard, geboren am 16. 1. 1950, veröffentlichte seine ersten Comics Mitte der 70er Jahre. Sein erster Erfolg wurde 1980 die von Jean-Luc Vernal geschriebene Serie »Les huit Jours du Diable«, die er jedoch nach einem Jahr wieder aufgab, um von François Bourgeon »Britta und Colin« zu übernehmen. Parallel zu der Arbeit an dieser Serie schrieb er auch Szenarios für andere Zeichner, u. a. »Eiszeit« für Gine (ebenfalls in der Edition comicArt), und begann 1986 schließlich seine im historischen Ägypten spielende Kriminalserie »Die Erben der Sonne« (ebenfalls in der Edition comicArt).

EDITION COMIC ART im Carlsen Verlag
Lektorat: Andreas C. Knigge
1. Auflage 1989

Aus dem Französischen von Klaus Jöken
LA NUIT DE LA BETE

Lettering: Gerhard Förster

07058901 · ISBN 3-551-02083-3

Heiliger Strohsack! Am Himmel braut sich ganz schön was zusammen!
Und dieses verflixte Schloß ist immer noch nicht zu sehen... Wir haben uns verirrt, Colin!
Ich hatte es Euch gesagt, Prinzessin. Hätten wir nur im Dorf übernachtet! Das Wirtshaus war vielleicht nicht sehr bequem, aber dort hätten wir wenigstens ein Dach überm Kopf gehabt!
Sag doch gleich, daß es mein Fehler war!
Gott bewahre! Ich weiß doch, daß eine Königstochter eine wunderzarte Haut besitzt und sich diese nicht am rauhen Linnen eines Wirtshausbettes wund reiben will!
Lieber setzt sie sich den Unbilden des Wetters aus und wird naß bis auf die Knochen!
Wenn du das witzig findest...!
BRRR...
OH! PRINZESSIN! Seht da!!!

Eine Burgruine!
Hm ja ... Eine Ruine, aber sie kann uns durchaus noch Schutz vor dem Gewitter bieten ...!
Ziemlich unheimlich ...
Unheimlich oder nicht, im Augenblick können wir nicht wählerisch sein!
Eigentlich haben wir ja das Schloß des Grafen von Gaudeluque gesucht ... Nun, jetzt müssen wir uns eben mit dem da begnügen ...
Äh ... sieht wirklich nicht besonders einladend aus ...
Vielleicht ist's nebenan besser ...
CRRiiiiH
TRETET EIN, FREMDE! Seid willkommen beim Grafen von Gaudeluque!
?!

Kommt ruhig näher. ...Habt keine Angst!
Äh... Wir haben keine Angst... Wir sind nur überrascht, weil wir geglaubt hatten, die Burg sei verlassen...
Das ist sie auch, mein Fräulein!! Das ist sie!
Ah so?... Und IHR?
Ich...
Ich bin nur vorübergehend hier wie jedes Jahr zur selben Zeit...
Aber ihr friert ja! Trocknet Euch nur am Feuer...
Äh... sag mal... Ob das ein Gespenst ist?
Zieht ihn doch am Bart, dann werdet Ihr schon sehen!
Da ist etwas, was mich beschäftigt, Graf. Als uns das Gewitter überraschte, waren wir gerade unterwegs zum Schloß des Herrn von Gaudeluque. Nun sagtet Ihr eben...
Verzeiht, wenn ich Euch unterbreche! Ihr meint wahrscheinlich nicht mich, sondern meinen Bruder, Jehan von Gaudeluque. Seine Burg befindet sich zwei Meilen von hier entfernt...
Aber bitte, mein Fräulein, sprechen wir von etwas anderem!
Ich hole Euch Decken. Leider kann ich Euch nichts zu essen anbieten...
CRIIIH
Nichts zu essen! Wovon lebt der denn? Ich sag' dir, das ist ein Gespenst...
Na, na, Prinzessin! Gespenster gehen durch Wände hindurch. Und der da öffnet die Tür wie Ihr und ich... knarrend!

Wo bleibt er denn? Er ist schon über fünf Minuten weg!
Wirklich etwas lang, um zwei Dekken zu holen...!
Komm! Wir werfen mal einen Blick in den Nebenraum.
LEER!!
Äh... Vielleicht ist er in dem Turm da...
Er ist nirgendwo, Colin... Nirgends! Da bin ich mir sicher!
Kehren wir um!
Überleg doch mal... Wie sollte auch jemand in dieser Ruine leben können?
Graf von Gaudeluque sagte, er sei nur vorübergehend hier. Er sprach von so was wie einem Jahrestag!
Genau, das bestätigt meinen Verdacht nur... Jedermann weiß, daß Gespenster einmal im Jahr an den Ort ihres Verbrechens zurückkehren...
Aber... Das Feuer! Wie erklärt Ihr das? Das ist doch wirklich!
Ich bin zu müde, um solche Fragen zu beantworten... Laß uns schlafen. ...Morgen sehen wir weiter!

Am nächsten Morgen
Ich sag' dir, das war ein Gespenst ...
Hmm... Besser, wir fangen nicht wieder davon an. Das führt zu nichts, Prinzessin.
Graf Jehan von Gaudeluque, zu dem wir gehen, wird uns ja wohl sagen können, ob er einen Bruder hat. Damit wäre das Rätsel dann gelöst.
Schau, da unten! Das sind doch Leute aus dem Dorf?
He! Wo kommen die beiden denn her?
Ich erkenne sie wieder! Die waren gestern im Wirtshaus...
Heilige Jungfrau! Was tun die in der Burg?
Werkzeuge Satans! Flieht Kameraden!
IHR MEMMEN!!
Das ist doch genau das, was diese Verdammten wollen! Zeigt denen lieber, daß wir keine Angst vor ihnen haben!
!!
Komisch! Die sehen wütend aus!
Würde mich nicht wundern, wenn das mit unseren Erlebnissen der letzten Nacht zusammenhängt!
5

Was habt ihr so früh am Morgen schon in der Burg zu suchen ? Antwortet !
Gestern abend wurden wir vom Gewitter überrascht, und da haben wir in der Ruine Schutz gesucht.
Ist daran etwas Schlimmes ?
Habt ihr gehört ? Sie gibt zu, die Nacht in der Höhle des Teufels verbracht zu haben !
JEIII !! Fluch denen, die einen Pakt schließen mit Satan !!
Seid Ihr verrückt !?
Rührt mich nicht an, sonst...
COLIN!
Ich komme !!
BOM
TCHAK !
Der da interessiert uns nicht ! Das ist bloß ein Knecht ! Das Mädchen ist die Hexe ! Und die haben wir !
PFFFF!
Brauchen nicht mehr das Käuzchen ans Burgtor zu nageln ! Wir haben was Besseres, Freunde !

Uiuiui! Mein Kopf... Mein armer Kopf...
UND BRITTA?
Ihr Rindviecher! Wo habt ihr sie hingebracht? Wehe, ihr krümmt ihr auch nur ein Haar!
DANN ZIEH ICH EUCH DIE HAUT VOM LEIBE!!
?!
Tod und Teufel, welcher Lümmel brüllt da am frühen Morgen so herum? Es mißfällt mir, wenn man den Morgenfrieden und den Gesang der Möwen stört!
Dort lang! Vorwärts!!!
Hmmpf! Was wollen die denn von mir?
Bist du derjenige, der so rumgrölt?
Äh... ja. Ist das in dieser Gegend verboten?

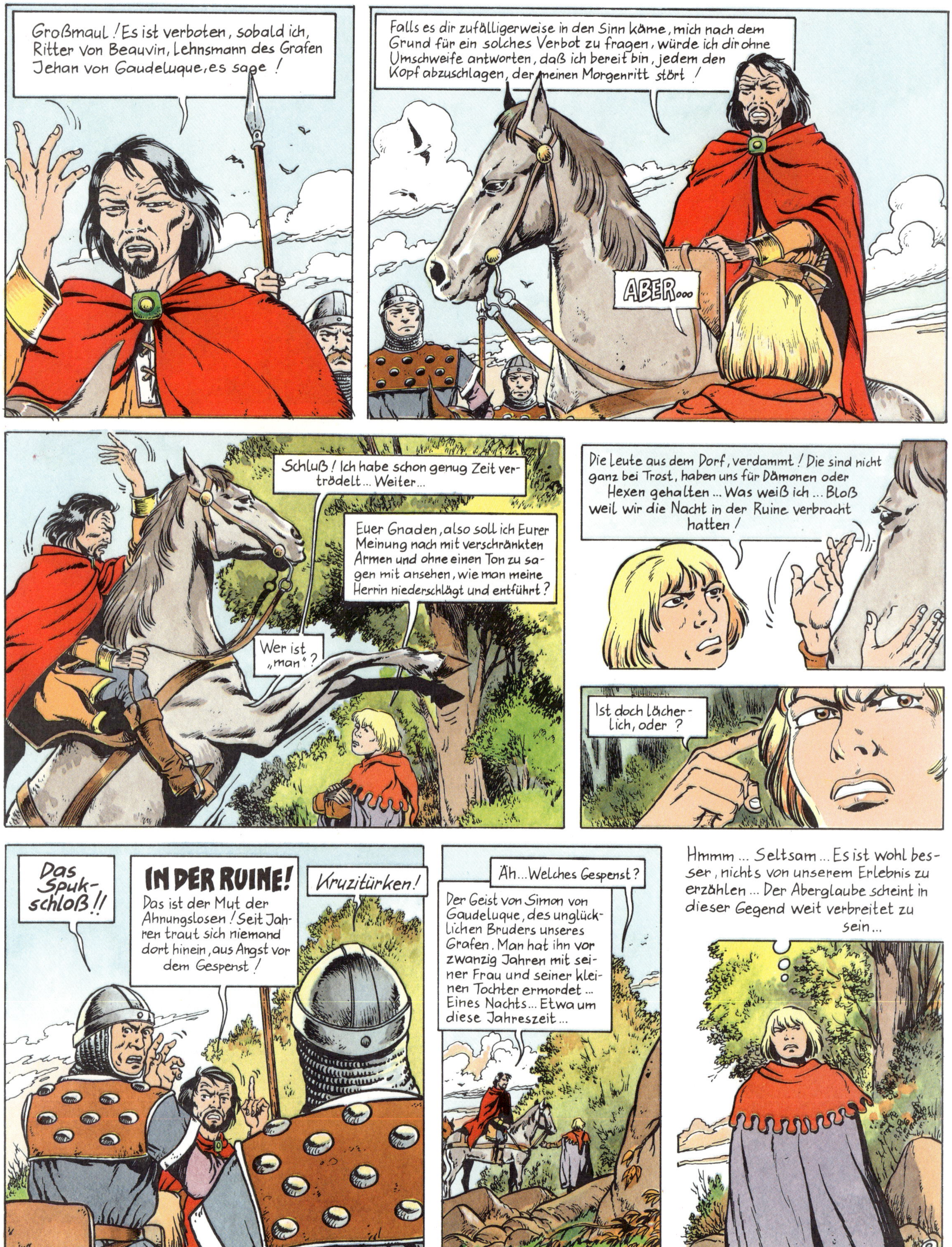
Großmaul! Es ist verboten, sobald ich, Ritter von Beauvin, Lehnsmann des Grafen Jehan von Gaudeluque, es sage!
Falls es dir zufälligerweise in den Sinn käme, mich nach dem Grund für ein solches Verbot zu fragen, würde ich dir ohne Umschweife antworten, daß ich bereit bin, jedem den Kopf abzuschlagen, der meinen Morgenritt stört!
ABER...
Schluß! Ich habe schon genug Zeit vertrödelt... Weiter...
Euer Gnaden, also soll ich Eurer Meinung nach mit verschränkten Armen und ohne einen Ton zu sagen mit ansehen, wie man meine Herrin niederschlägt und entführt?
Wer ist „man"?
Die Leute aus dem Dorf, verdammt! Die sind nicht ganz bei Trost, haben uns für Dämonen oder Hexen gehalten... Was weiß ich... Bloß weil wir die Nacht in der Ruine verbracht hatten!
Ist doch lächerlich, oder?
Das Spukschloß!!
IN DER RUINE!
Das ist der Mut der Ahnungslosen! Seit Jahren traut sich niemand dort hinein, aus Angst vor dem Gespenst!
Kruzitürken!
Äh... Welches Gespenst?
Der Geist von Simon von Gaudeluque, des unglücklichen Bruders unseres Grafen. Man hat ihn vor zwanzig Jahren mit seiner Frau und seiner kleinen Tochter ermordet... Eines Nachts... Etwa um diese Jahreszeit...
Hmmm... Seltsam... Es ist wohl besser, nichts von unserem Erlebnis zu erzählen... Der Aberglaube scheint in dieser Gegend weit verbreitet zu sein...

Währenddessen...
Laßt mich los! Wohin bringt ihr mich ?
Das erfährst du noch früh genug, Hexe!!!
Ihr wißt nicht, wen ihr vor euch habt! Ich bin Prinzessin Britta, die Tochter von König Markus, dessen Reich jenseits des Meeres liegt...
HA!HA!
Und ich bin Eduard der I., König der Schmiede!
HA!HA!
Diese Leute sind völlig verrückt! Wenn Colin mir nicht hilft ... ist das mein Ende!
JEE! Wir wollen sehen, wie du fliegst!
HA!HA!
WIE?!
Klar, Hexen können doch fliegen! Dein Meister, Beelzebub, muß dir das beigebracht haben.
NEIN! ZU HILFE! AAAHHH!!!
Los, zeig deine Flügel!
WAOOUUH
DIE BESTIE...
9

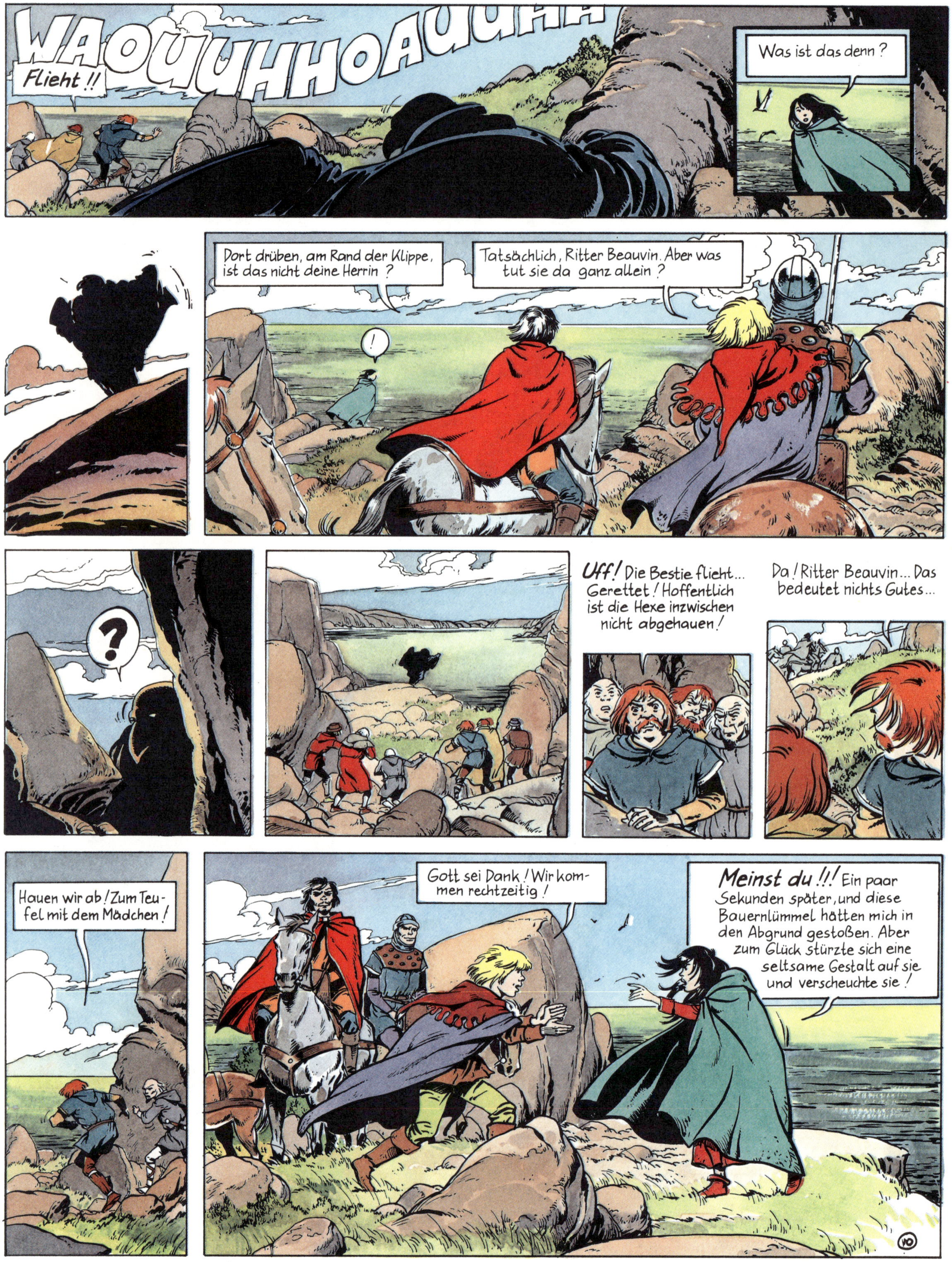
WAOUUHHOAUUHH
Flieht !!
Was ist das denn ?
Dort drüben, am Rand der Klippe, ist das nicht deine Herrin ?
Tatsächlich, Ritter Beauvin. Aber was tut sie da ganz allein ?
!
?
Uff! Die Bestie flieht... Gerettet! Hoffentlich ist die Hexe inzwischen nicht abgehauen!
Da! Ritter Beauvin... Das bedeutet nichts Gutes...
Hauen wir ab! Zum Teufel mit dem Mädchen!
Gott sei Dank! Wir kommen rechtzeitig!
Meinst du !!! Ein paar Sekunden später, und diese Bauernlümmel hätten mich in den Abgrund gestoßen. Aber zum Glück stürzte sich eine seltsame Gestalt auf sie und verscheuchte sie!

Sagt, mein Fräulein, diese Erscheinung, wie sah die genau aus?
Schwer zu sagen, Herr Ritter... Sie tauchte mit einem grausigen Schrei zwischen den Felsen auf ... wie ein riesiger Vampir ...
Hm... Das sieht mir ganz nach der mysteriösen Bestie aus, die unsere Bauern schon seit einiger Zeit in Schrecken versetzt!
Wir haben das nie ernst genommen, aber anscheinend existiert dieses fürchterliche Ding tatsächlich... Jedenfalls, wenn unser Fräulein hier keine Vision gehabt hat...
!
Schließlich bin ich nicht verrückt! Ich habe es mit eigenen Augen gesehen! Und die Dorfbewohner auch. Es ist Euch doch sicher nicht entgangen, wie sie wegrannten! Jedenfalls: Es lebe die Bestie! Ohne sie würde ich jetzt nicht mehr leben!
Erst ein Gespenst! Jetzt diese Bestie... Wir stecken mitten in einer düsteren Geschichte! Gefällt mir gar nicht!
Dort ist das Schloß... Graf Jehan von Gaudeluque gewährt Euch sicher Gastfreundschaft, wie man sie allen Reisenden anbietet.
11

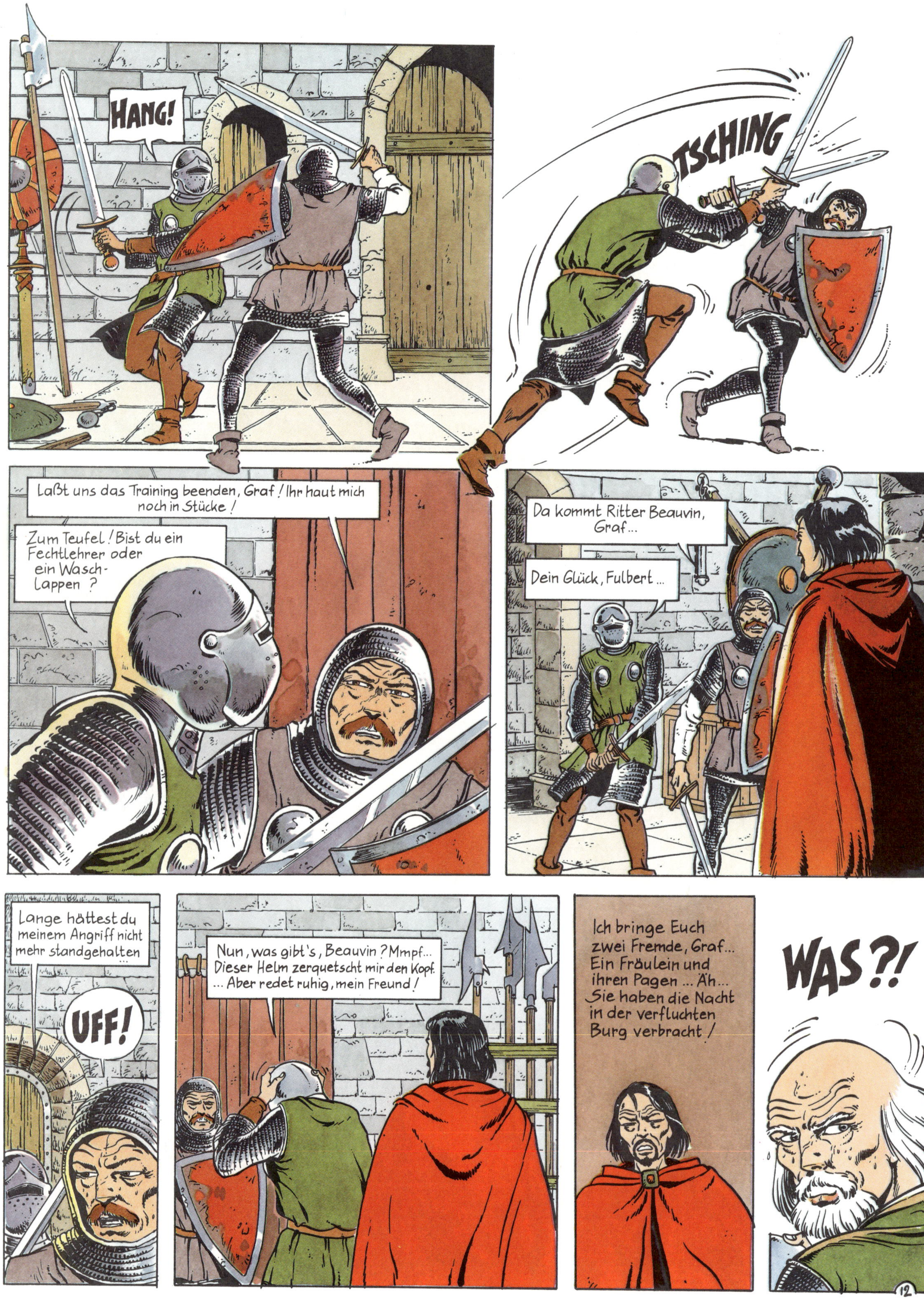
HANG!
TSCHING
Laßt uns das Training beenden, Graf! Ihr haut mich noch in Stücke!
Zum Teufel! Bist du ein Fechtlehrer oder ein Wasch-Lappen?
Da kommt Ritter Beauvin, Graf...
Dein Glück, Fulbert...
Lange hättest du meinem Angriff nicht mehr standgehalten...
UFF!
Nun, was gibt's, Beauvin? Mmpf... Dieser Helm zerquetscht mir den Kopf. ... Aber redet ruhig, mein Freund!
Ich bringe Euch zwei Fremde, Graf... Ein Fräulein und ihren Pagen ... Äh... Sie haben die Nacht in der verfluchten Burg verbracht!
WAS?!
12

Am Jahrestag von Simons Tod! In der Nacht, in der das Gespenst durch die Ruine spukt! Ein Frevel!
Da ist noch etwas anderes... Unsere Bauern hätten beinahe das Fräulein von den Klippen gestoßen...
...als plötzlich diese seltsame Bestie auftauchte, von der man sich so viel erzählt! Und die Bestie hat das Mädchen gerettet!
POTZTAUSEND!
Das ist der Beweis für ihre Verbindung mit dem TEUFEL!
?!!
Das Gesicht... Dieser Mann... das ist unser „Gespenst“!
Erzählt auf keinen Fall, was wir erlebt haben, Prinzessin... Das ist das Beste. Alles ist hier so merkwürdig!!!
Was vernehme ich da? Ihr wart in der verfluchten Burg? Ihr habt einen Pakt mit den höllischen Mächten geschlossen!
Hört mal, Euer Hochwohlgeboren, ein paar dumme Bauernlümmel haben mich bereits wie eine Hexe behandelt! Jetzt fangt Ihr auch noch an. Das ist ja lächerlich!
Lächerlich, was? Wie erklärt Ihr dann, daß die Bestie gerade auftauchte, als Ihr in Todesgefahr schwebtet?!
Ja, eine Kreatur des Teufels hat Euch in letzter Sekunde aus der Klemme geholfen!
Ihr seid verrückt!! Prinzessin Britta, die Tochter von König Markus, als Hexe zu beschimpfen... Das ist Majestätsbeleidigung!
Eine Prinzessin? Was soll dieses Lügenmärchen?
!

Colin, zeig dem Grafen von Gaudeluque unser Empfehlungsschreiben...
Dieses Schreiben, von der Hand meines Vaters und mit seinem Siegel versehen, bestätigt alles, was ich sage.
Sicher... Sicher...
Ich kann es nicht finden. Hattet Ihr es nicht, Prinzessin?
Aber nein!!! Nein! Ich weiß noch genau, daß ich es dir vor zwei Wochen anvertraut habe...
D...das verstehe ich nicht!
So was Dußliges!... Wehe, du hast es verloren!
GENUG GESPASST!...
Beauvin, laßt sie in den Kerker werfen, bis ihr Prozeß wegen Hexerei eröffnet wird...!
Ihr begeht einen großen Fehler, Graf! Mein Page findet das Schreiben schon noch! Wartet!
HE!
Nein! Rührt mich nicht an!!
Schluß!! Führt sie ab!
Ich wußte, daß das nicht gut ausgeht... Ich wußte es...

Wir bringen euch zwei Neue!
MISTKERLE! LUMPEN!
Ihr werdet es noch bereuen, mit euren dreckigen Pfoten ein Fräulein von königlichem Geblüt angefaßt zu haben.
Das ist eine Hexe, die sich für nichts Geringeres als eine Prinzessin ausgibt!
Ach! Mit Hexen will ich lieber nichts zu tun haben!... Vor allem, wenn sie schön sind wie der Teufel!
Schön wie der Teufel! Ha! Ha! Das trifft den Nagel auf den Kopf!
Dieses Schreiben verschlampt zu haben ist wohl das Schlimmste, was uns passieren konnte! Idiot! Vollidiot! Trottel!
Bei allem schuldigen Respekt, Prinzessin. Ich erinnere mich ganz deutlich, daß ich es Euch wiedergegeben hatte. Ihr sagtet, bei Euch sei es besser aufgehoben!
Hmm... Stimmt... Jetzt fällt's mir wieder ein! Ich hatte es ins Mieder gesteckt!
Genau! Ihr sagtet sogar, das sei der sicherste Ort!
ES IST NICHT MEHR DA.
Warte... Ja... Richtig! Als ich mich in der verfluchten Burg am Feuer trocknete... Da muß ich es verloren haben!
!
Jetzt sitzen wir in der Tinte!
15

Hoffentlich erlaubt Ritter Beauvin, daß wir uns ein bißchen mit dem Flittchen amüsieren, bevor es geröstet wird!
Hm ja! Bei den Kurven könnte sogar ein Heiliger schwach werden.
Und wenn wir schon mal anfangen? Vielleicht hat unsere kleine Hexe ja kalte Füße? Wir könnten sie ihr anwärmen, hä?
Gute Idee!
Kommt gar nicht in Frage, sie vor dem Verhör anzurühren! Beauvin würde rasen!
Schade... Wir haben schon lange nicht mehr das verdammte Fleisch eines Teufelsanbeters gekitzelt!
Wir müssen um jeden Preis dieses Schreiben wiederfinden!
Dafür müßten wir erst mal hier rauskommen, Prinzessin. Und da wir nicht durch Mauern gehen können...
Aber, da fällt mir ein... Hexen haben doch diese Gabe! Also, ans Werk, Prinzessin!
Jetzt ist keine Zeit, um Witze zu reißen! Ich hab' eine Idee!
AAAHH! ZU HILFE! AHH!
?!
Was habt Ihr plötzlich?... Seid Ihr verrückt geworden?!?
Dämlicher Esel, muß man dir alles erst erklären? Streng mal dein Spatzenhirn ein bißchen an!
Hem...
AAH!! ZU HILFE!
Was brüllt die denn so? Höllenbrut! Wenn die mich auf den Arm nehmen will, wird sie es bereuen!
!

NEIN! LASST MICH! N... NEIN.
Nanu...!?!
Wirst du sie wohl loslassen!
RETTE MICH.
Hä?... Ähem... Hm!
Dieser Dummkopf wollte die Situation ausnützen. ... Schaff ihn mir vom Hals, ja... Dann werde ich nett zu dir sein, wenn du willst... Sehr nett und zärtlich...
Hm ja... Das ist schnell erledigt, meine Hübsche! Und nachher... Hä? Hehe...
Also, du Kröte, dir treib' ich die Lust auf schöne Mädchen schon aus... Warte nur!
Und du, mein Lieber, wirst für das, was du von Prinzessin Britta gesehen hast, bezahlen.
BOM!
AUU!
Gut gemacht, Prinzessin! Und... Äh, Ihr könnt Euch wieder anziehen...
Was glaubst du? Der Spaß hat lange genug gedauert. Außerdem ist es in diesem verdammten Verlies viel zu kalt!
Jetzt... die Nächsten... Rasch!
17

KUCKUCK!
Aber...
Wie!?
Hol's der Henker!
Wo ist der andere abgeblieben? Satansweib! Du...
BOM
AAAHH!
Paff! Hier bin ich!!!
Wie schmeckt dir das, Folterknecht ?!?
DONG!
Keine Bewegung... Oder ich stech' dich ab wie ein Schwein!
Und wie sollen wir jetzt aus dem Schloß herauskommen?
Werden wir schon sehen. Alles zu seiner Zeit!
Jedenfalls ist es besser, im Kampf zu sterben, als wie eine Hexe gefoltert und verbrannt zu werden!
Das ist zweifellos richtig. Aber noch besser ist es, am Leben zu bleiben!
18

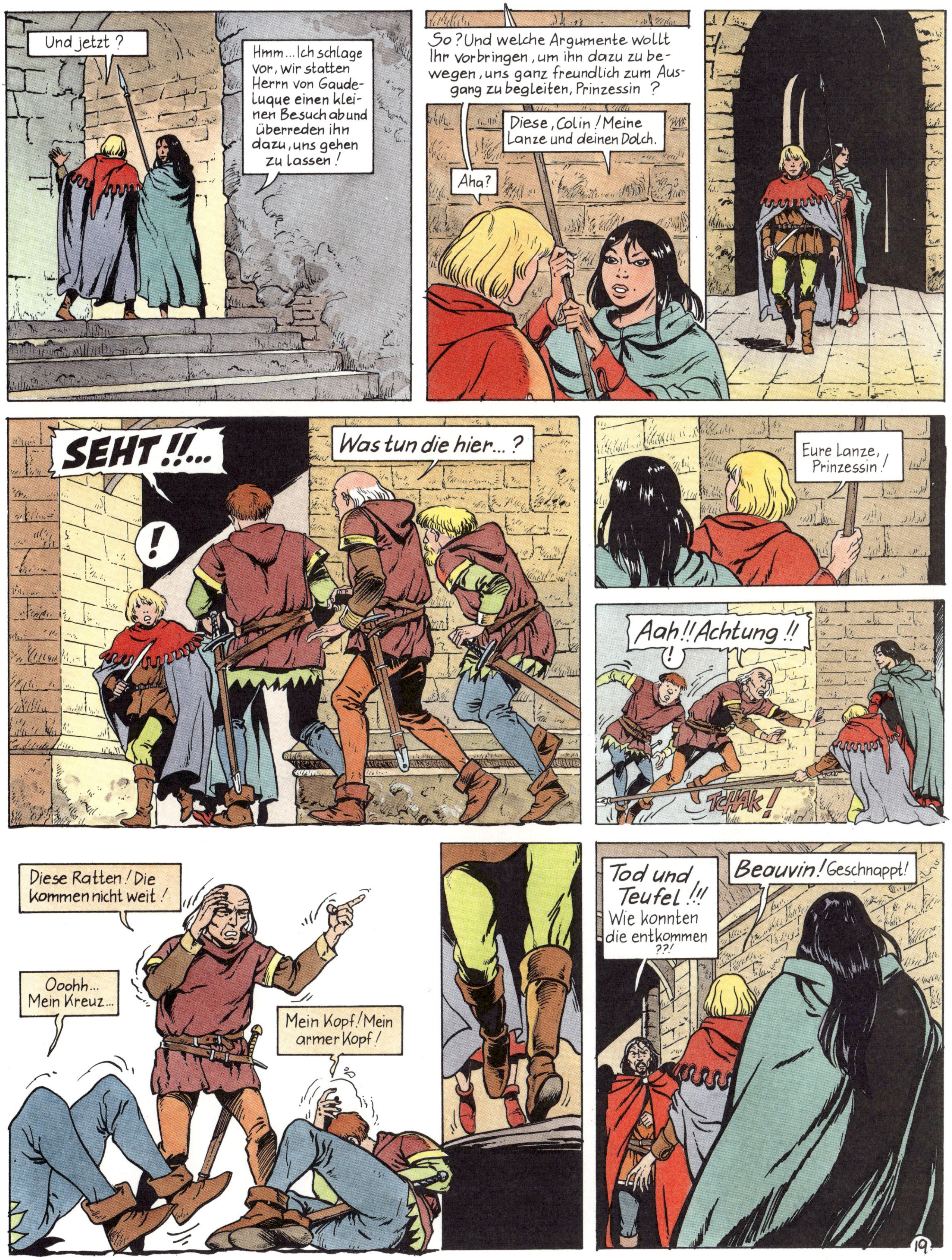
Und jetzt ?
Hmm... Ich schlage vor, wir statten Herrn von Gaudeluque einen kleinen Besuch ab und überreden ihn dazu, uns gehen zu lassen !
So? Und welche Argumente wollt Ihr vorbringen, um ihn dazu zu bewegen, uns ganz freundlich zum Ausgang zu begleiten, Prinzessin ?
Aha?
Diese, Colin! Meine Lanze und deinen Dolch.
SEHT !!...
Was tun die hier... ?
!
Eure Lanze, Prinzessin !
Aah!! Achtung !!
!
TCHAK !
Diese Ratten! Die kommen nicht weit !
Ooohh... Mein Kreuz...
Mein Kopf! Mein armer Kopf !
Tod und Teufel !!! Wie konnten die entkommen ??!
Beauvin! Geschnappt!
19

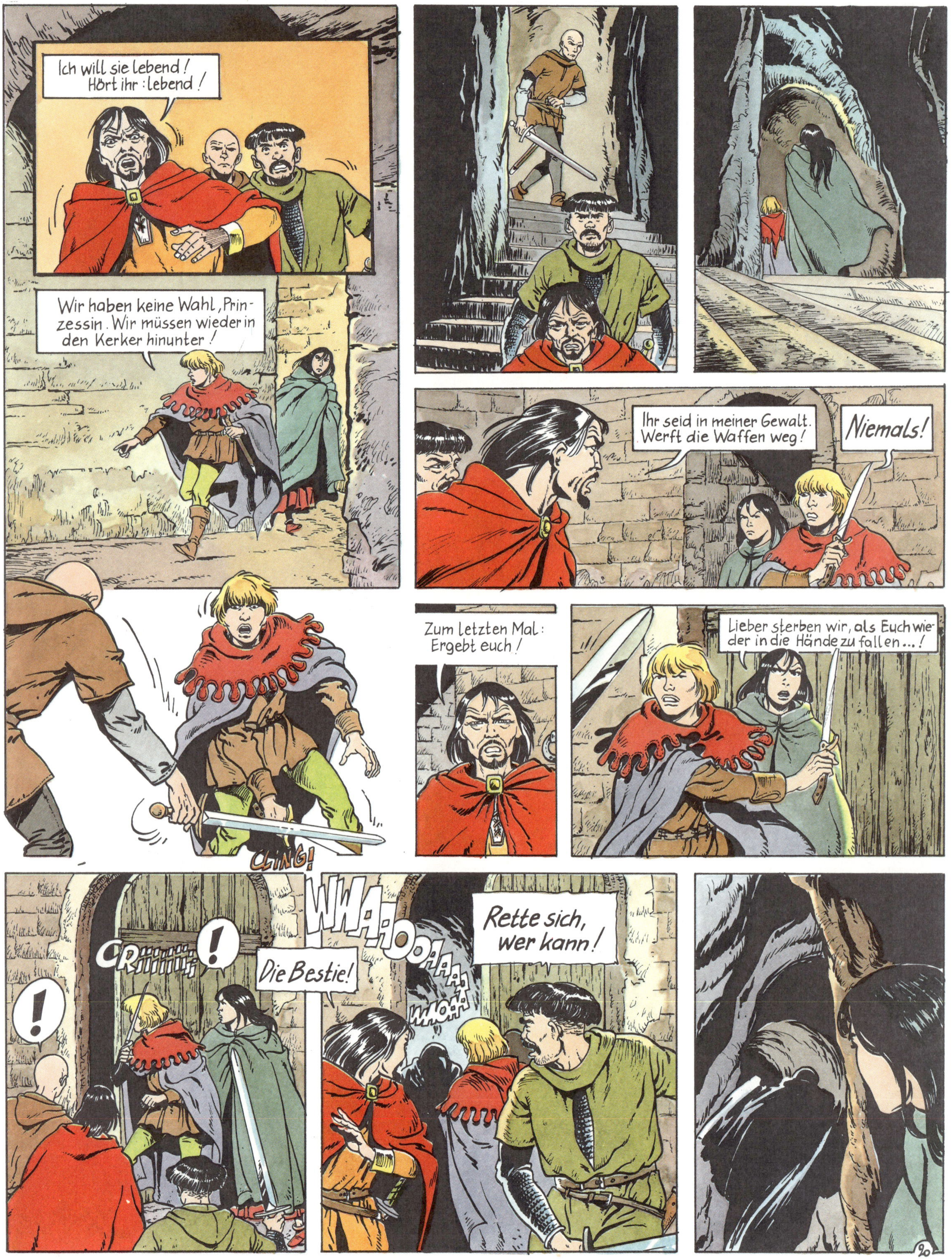

Ich will sie lebend! Hört ihr: lebend!
Wir haben keine Wahl, Prinzessin. Wir müssen wieder in den Kerker hinunter!
Ihr seid in meiner Gewalt. Werft die Waffen weg!
Niemals!
CLING!
Zum letzten Mal: Ergebt euch!
Lieber sterben wir, als Euch wieder in die Hände zu fallen...!
!
CRIIIIIII
!
Die Bestie!
WWAAOOOAAAAA
WAOAH
Rette sich, wer kann!

Folg mir, Colin!
Äh... Glaubt Ihr, daß...?
Beeil dich! Du kannst jetzt keine Maulaffen feilhalten!
Brrr... Ich bin nicht sicher...
Ziehst du es vielleicht vor, bei diesen Idioten zu bleiben, die mich für eine Hexe halten?
Äh, nein... Aber...
Was aber?
Trotzdem, beim Anblick dieser entsetzlichen Kreatur läuft's mir kalt den Rücken runter!... Wer ist sie? Wohin führt sie uns?
Überflüssige Fragen, Colin. Ich weiß nur eins. Sie hat mir zweimal das Leben gerettet! Also kann sie nicht böse sein!
WAS? Sie sind durch einen unterirdischen Gang entkommen, und du hast sie nicht verfolgt!? Du hättest verdient, daß ich dich mit dem Schwert aufspieße!
Aber Graf, ich bin Euer getreuer Diener und Euch ganz und gar ergeben... Aber dieses Mädchen ist eine Hexe. Dank ihrer Zauberkünste hat sie die Wachen verhext, und als wir sie fast wieder eingefangen hatten, kam ihr die Bestie zu Hilfe!
Die Bestie! Die Bestie! Immer wieder sie! Potztausend! Wenn alle zu feige sind, sie anzugreifen, werde ich es tun! So wahr ich Gaudeluque heiße!

Das ist Wahnsinn, Graf! Ihr werdet doch nicht...
Schweig, du Memme! Du weißt ebensogut wie ich, wohin dieser Geheimgang führt!
ICH WERDE SIE ERWISCHEN... UND DIESE BESTIE TÖTEN!!
Schau, da hinten!
Uff! Wir kommen wieder ans Tageslicht.
Was hat sie plötzlich? Sie flieht!
Vielleicht will sie nicht, daß man sie bei hellichtem Tage sieht! Auch Ungeheuer haben ihre Marotten!
Das ist ja das Spukschloß!
Prima! Dann können wir hoffentlich unser Empfehlungsschreiben wieder auftreiben und es dem Grafen Gaudeluque unter die Nase halten!
Ich stell' mir schon sein Gesicht vor, wenn er das Schreiben sieht! Und ich hör' schon, wie er unaufhörlich „Prinzessin" stammelt.
Und Beauvin, das schwöre ich dir, soll vor mir auf den Knien herumrutschen, bis seine Hose durchgewetzt ist!
Das ist ja alles gut und schön, Prinzessin! Aber vorher müssen wir dieses verdammte Schreiben erst einmal finden!
WAHOOOOHA!
Der Schrei der Bestie! ...Was ist jetzt schon wieder los?

WAOAAUUU
Verfluchte Kreatur! Ich krieg' dich...
Da haben wir ja einen Logenplatz, um den sagenhaften Kampf des Grafen von Gaudeluque gegen die Bestie verfolgen zu kön- nen!
Würde mich wundern, wenn der Kampf überhaupt stattfindet! Die Bestie ist viel zu schlau, um sich einholen zu las- sen.
Beim Barte Beelzebubs, mich hältst du nicht länger zum Narren!
ICH... AAHH!
AAAAAAAAH!
23

WAAAAAAAAAA!!!
So ein Sturz! Der Arme, er wird ertrinken!
Hör auf, Colin, mir kommen gleich die Tränen!
Aber Prinzessin...
Hast du schon vergessen, daß uns dieser „Arme" schlimmer behandelt hat als Hunde? Wenn die Bestie uns nicht gerettet hätte, wären wir gefoltert und verbrannt worden, ohne Gelegenheit zur Verteidigung zu bekommen! Und ich soll Mitleid mit ihm haben?
Die Bestie!
Dann sind die anderen auch nicht weit.
Aber ich sehe den Grafen nicht!!!
Beauvin und seine Männer! In Deckung!
Das ist der Graf! Die Strömung reißt ihn fort...
Dann ist keine Sekunde zu verlieren!
24

Sie steigen die Klippe hinunter! Machen wir uns aus dem Staub.
Du vergißt den Mann, der die Pferde bewacht! Der wird uns bemerken!
Um den kümmere ich mich ...
Zum Teufel! Beeilt euch, sonst bringt ihr nur noch eine Leiche an Land ...
Allmächtiger! Hoffentlich lebt er noch!
Er hat ordentlich Wasser geschluckt! Aber er lebt!
Schneller, ihr Schnekken! Und paßt auf, wo ihr die Füße hinsetzt!
Verflucht!!! Zwei von unseren Pferden sind verschwunden!
Was ist passiert, Renaud?!? Los, rede!
Sie haben mich überrumpelt ... Ich glaube, sie sind Richtung Spukschloß geflohen ...

Gott sei Dank können wir aus diesem verfluchten Land verschwinden...
NEIN! WIR BLEIBEN!!
Wie? Habt Ihr den Verstand verloren, Prinzessin?
Ich glaube nicht, Colin. Er funktioniert ausgezeichnet... Dagegen scheint deiner deutlich nachzulassen!
Hast du das Empfehlungsschreiben vergessen? Ohne das können wir den Auftrag meines Vaters nicht ausführen...
Ich weiß, ich weiß... Aber diese Gegend stinkt nach Schwefel.
Niemand wird es wagen, uns hier zu suchen. Vor dem Spukschloß haben alle Angst. Dort sind wir in Sicherheit. Außerdem bin ich neugierig... Ich will wissen, was hinter der Bestie steckt.
O Wahnsinn, wenn du über uns kommst...
Unterdessen...
HMMPF!
!?!
Wo... Wo bin ich? Tod und Teufel! Laßt mich herunter... Ihr Hornochsen!
26

Herr Graf! Dort kommen Mordboeuf und Caucherel mit den gestohlenen Pferden zurück.
Wie?
Was habt ihr mit den Flüchtlingen gemacht? Hoffentlich nicht abgemurkst?
Sie haben im Spukschloß Zuflucht gesucht!
Beim Barte Beelzebubs!! Worauf wartet ihr, um sie da herauszuholen?
Äh... Soll das heißen...?!
Das ist so... das Schloß... nicht wahr...
Verzeiht, Graf... Das wäre von unseren Männern zuviel verlangt, das wißt Ihr. Niemand wird die Ruine betreten wollen, selbst wenn's um sein Seelenheil ginge.
Dann geh ins Dorf. Hetz unsere Bauern gegen die Hexe auf! Sag ihnen, daß die beiden in einem großen Freudenfeuer braten werden, sobald wir sie haben, aber daß wir dafür ihre Hilfe brauchen.
Verstehe!
Könnt Ihr Euch im Sattel halten, Graf?
Hältst du mich für einen Waschlappen?
Die Pest überkomme diese verfluchte Bestie! Ich muß sie unbedingt erwischen... und sie töten!
27

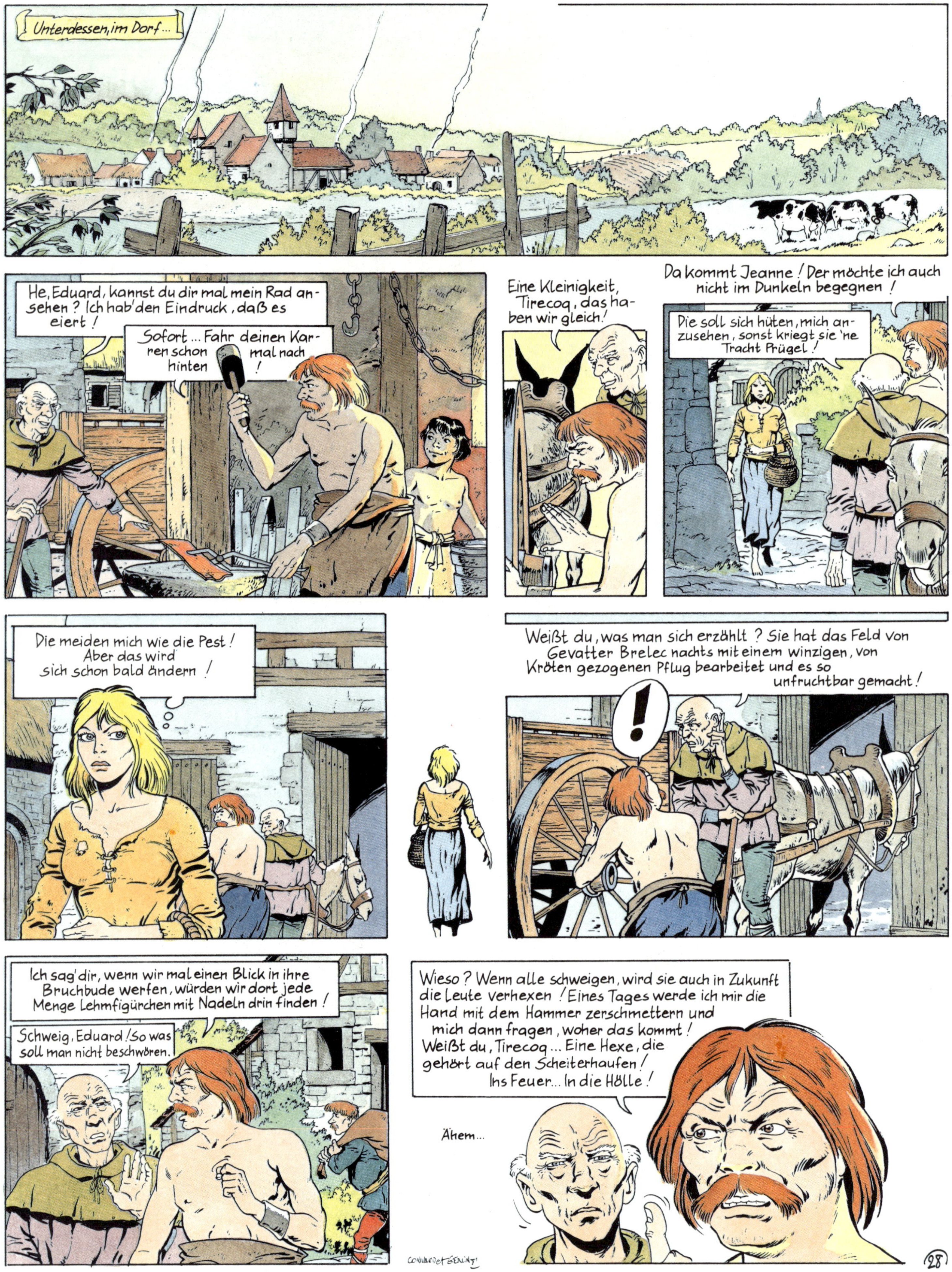
Unterdessen, im Dorf...
He, Eduard, kannst du dir mal mein Rad ansehen? Ich hab' den Eindruck, daß es eiert!
Sofort ... Fahr deinen Karren schon mal nach hinten!
Eine Kleinigkeit, Tirecoq, das haben wir gleich!
Da kommt Jeanne! Der möchte ich auch nicht im Dunkeln begegnen!
Die soll sich hüten, mich anzusehen, sonst kriegt sie 'ne Tracht Prügel!
Die meiden mich wie die Pest! Aber das wird sich schon bald ändern!
Weißt du, was man sich erzählt? Sie hat das Feld von Gevatter Brelec nachts mit einem winzigen, von Kröten gezogenen Pflug bearbeitet und es so unfruchtbar gemacht!
!
Ich sag' dir, wenn wir mal einen Blick in ihre Bruchbude werfen, würden wir dort jede Menge Lehmfigürchen mit Nadeln drin finden!
Schweig, Eduard! So was soll man nicht beschwören.
Wieso? Wenn alle schweigen, wird sie auch in Zukunft die Leute verhexen! Eines Tages werde ich mir die Hand mit dem Hammer zerschmettern und mich dann fragen, woher das kommt! Weißt du, Tirecoq... Eine Hexe, die gehört auf den Scheiterhaufen! Ins Feuer... In die Hölle!
Ähem...
28

Ich werde dir mal was sagen, mein Freund ... Wenn das aufhören soll, gibt's nur eine Lösung!
Welche?
Alles dem Grafen von Gaudeluque zu erzählen. ... Es gibt genug Zeugen, um diese Hexe auf den Scheiterhaufen zu bringen!
Holla!!
Holla! Da mische ich mich nicht ein! Jemand, der einen Pakt mit dem Teufel geschlossen hat, besitzt ungeheure Macht ... Hauptsächlich aber die, Böses zu tun! Also, ich hab' keine Lust, mit anzusehen, wie mein Esel krepiert und meine Äpfel vom Baum fallen, bevor sie reif sind!
Plötzlich...
!
!
Tirecoq, du hast keinen Mumm in den Knochen. ... Sieh mal an, wer da kommt!
au pichet d'or
Das Ist Ritter Beauvin. Geh rasch in den Keller, und zapf eine Kanne von dem guten Wein, den der Ritter so gern trinkt. Und sag den anderen, sie sollen Platz machen!
Verflucht ... Sei verflucht, Beauvin!
Kommt her! Kommt her! Ich habe euch etwas Wichtiges zu sagen!
29

Was will der wohl von uns?
Hört zu! Diejenige, die sich Britta nennt und die Dreistigkeit besaß, sich als Königstochter auszugeben, ist uns entkommen... Wie sie auch euch entwischt ist...
Tod der Hexe!
Tod!!
Wir hatten sie verhaftet, um sie wegen Hexerei anzuklagen, aber das verfluchte Weib konnte aus dem Kerker entkommen! Wieder war es die Bestie, die sie da herausgeholt hat... Sie und ihren Komplizen!
Sie haben in der verfluchten Burg Zuflucht gesucht! Mit denen muß man ein für allemal aufräumen! Wir müssen sie fangen und auf den Scheiterhaufen schikken. Organisieren wir eine Treibjagd!
Heilige Jungfrau, steh uns bei!
He, Ritter Beauvin! Ihr kennt mich! Ich bin ja kein Angsthase! Aber glaubt nicht, daß ich einen Fuß in diese verfluchte Burg setzen werde!
Ich auch nicht!
Ich auch nicht!
Wartet! Als Gegenleistung für eure Dienste erläßt euch der Graf von Gaudeluque für dieses Jahr die Erntesteuer. Ferner gewährt er euch die Nutznießung über die Felder am Moor!
!
Nun... Das ändert alles!
Keine Steuern...
Hm... Werden sehen!
Neue Felder zu bestellen!

Währenddessen, in der Ruine ...
Jeden Stein haben wir umgedreht ... Wir müssen der Tatsache ins Auge sehen: Euer Empfehlungsschreiben ist weg!
Das ist unmöglich!
Ich kapiere das nicht! Wo hätte ich es sonst verlieren sollen!
Bei meiner Seele, lieber erstürme ich eine Festung, als diese Teufelsanbeter zu bewachen!
Ich auch! Ein Pfeilregen macht mir weniger Angst als deren Hexerei!
Bei Einbruch der Nacht
Also, was machen wir, Prinzessin? Wir bleiben doch wohl nicht ewig in dieser Ruine hocken! Ich kriege langsam Hunger!
Ich auch ...
Ich schau' mal, ob ich in der Gegend was besorgen kann. Mit vollem Bauch überlegt sich's besser!
Du vergißt, daß Beauvins Männer draußen Wache halten!
Die sind nur zu dritt! Und in der Nacht ...
... sind alle Katzen grau!
Oh!!! Mein Gott, das ist ja das ganze Dorf!?!

Prinzessin !!!
?
WAS IST LOS...?
Da unten sind unzählige Fackeln! Beauvin muß die Bauern gegen uns aufgehetzt haben!
Wir sitzen in der Falle!
Und das nur wegen dieses verdammten Empfehlungsschreibens... Hätten wir bloß die Pferde behalten... Dann wären wir jetzt schon über alle Berge.
Ruhig, Colin, beruhige dich !!
Sie sind doch hoffentlich noch da?
Gewiß, Ritter Beauvin. Gerade erst haben wir den Komplizen der Hexe gesehen!
Seid ihr bereit ?
Tod der Hexe und ihrem Dämon !
Ja! Ja!!
Graf von Gaudeluque will sie lebend! Lebend, hört ihr! Sie müssen nämlich auf den Scheiterhaufen!
32

Ihr sagtet doch, sie würden es nicht wagen ?!?
Hört Ihr, sie dringen schon in die Burg ein !
Komm! Schnell!
Wo wollt Ihr hin ? Die erwischen uns sowieso !
Sei nicht so pessimistisch ! Da hinten gibt es vielleicht einen Fluchtweg !
Niemand hier!
Dort...eine Tür, vorwärts !
Ohne Seil kommen wir da nicht hinunter !
Diesmal, liebliche Prinzessin, sind wir verloren !
PSSTTT! HIERHER!
!
!

Wer seid Ihr ?
Man nennt mich Jeanne. Aber, Pssst... Beeilt euch!
Hier hinunter! Dieser unterirdische Gang führt aus der Burg hinaus!
Potzteufel! Wo können die stecken ?
Nicht weit... Vielleicht hinter einem Stein ?
Sucht sie !!
Sie sind nirgendwo!
Zauberei !!
Wir hätten niemals herkommen sollen!
Verlassen wir diese Unglücksburg!
Zur Hölle! Die haben sich in Luft aufgelöst!
Das ist Hexerei, Herr Graf! Gegen den Teufel ist man machtlos!
Die Pest überkomme den Teufel und seine Kreaturen! Gehen wir!
84

Wohin führt dieser Gang?
Zum Moor, in der Nähe meines Hauses.
Aber wie ... ?!?
Nein ... Nein ... Stellt keine Fragen. ... Später ... Vielleicht!
Ohh! Das wird Ritter Beauvin bestimmt interessieren!
Was? Du hast sie mit Jeanne gesehen?
Wie ich Euch vor mir sehe!
Wundert mich nicht! Ich wußte schon lange, daß Jeanne eine Hexe ist!
Das ist auch meine Meinung! Ich hab' mich nie getraut, darüber zu sprechen, aber wenn ich sie schon auf meinen Laden zugehen sehe, würde ich am liebsten zusammenpacken...!
Dieses Weibsstück stinkt geradezu nach Schwefel!
Also los!
Die haben sich bestimmt in ihrer Hütte versteckt! Sie können uns nicht mehr entkommen!
Wir verbrennen sie alle drei!

Bei mir seid ihr in Sicherheit. Kommt, ihr habt sicher Hunger!
Einen Bärenhunger allerdings!
Uff! Schon besser! Mit vollem Bauch geht's besser! Ich fühl mich wie neugeboren!
Eines interessiert mich: Anscheinend hast du weder vor dem Gespenst noch vor der Bestie Angst... Obwohl die Leute aus dem Dorf davor zittern.
Die Bestie ist mein Freund. Euch kann ich's sagen, aber wenn das die anderen wüßten, würden sie mich auf der Stelle verbrennen!
Dein Freund?!
Ja, und eurer auch. Ich selbst habe ihr Bescheid gesagt, als ihr im Schloß gefangengehalten wurdet.
Also kannst du uns erzählen, was hinter dieser teuflischen Kreatur steckt?
Ich darf nichts sagen ... Verzeiht.
Aber das Gespenst? Das haben wir mit eigenen Augen gesehen. Er sagte sogar, er sei Simon, der Bruder von Jehan!
Ja... Stell dir vor, er hat mit uns gesprochen, obwohl er schon seit zwanzig Jahren tot ist!
Psst...! Ich glaube, ich habe was gehört!
VERDAMMT! FACKELN!
UMZINGELT DIE HÜTTE! DIESMAL HABEN WIR SIE!
36

Das Moor! Das ist unsere einzige Chance!
Schnell!
Sie fliehen! Verfolgt sie!
Aber wir werden versinken.
Ich kenne den Sumpf wie meine Westentasche! Keine Angst! Bleibt immer hinter mir... Diese Hunde werden es nicht wagen, uns hierher zu folgen!
Hm... Anscheinend wagen sie's doch ...
ZURÜCK!
Ihr Scheusale!
AAH!!
COLIN!
COLIN!
Vorsicht! Lauft nicht nach rechts, dort ist es gefährlich!

AAH!
!
!?
Verdammt, reicht ihr einen Stock! Sie darf nicht versinken! Sie muß durch die Flammen umkommen!
Nein! Nein! Laßt mich los!
Ha! Ha! Schrei ruhig, meine Hübsche!
Vielleicht hört man dich unten in der Hölle!
Colin!... Colin!... Ihr habt ihn umgebracht, ihr Schweine!
Halt den Mund, Hexe! Dein Komplize hat nur bekommen, was ihm zusteht!
Jetzt alle zurück ins Dorf! Wir zünden ein schönes Freudenfeuer an, um diese Seelen vor der Verdammnis zu retten!
Lauf schnell zum Grafen von Gaudeluque, und richte ihm aus, daß wir die Hexe haben... Sag ihm, die Bauern seien ziemlich erregt und seine Anwesenheit ist unbedingt erforderlich, um eine legale Verurteilung zu gewährleisten.
Leb wohl... Colin... Mein schöner Freund!

Später, im Dorf...
Und jetzt schreiten wir zum Verhör der Schuldigen!
Keine Verhandlung!
Es gibt genug Beweise gegen sie!!
Auf den Scheiterhaufen!
Verbrennt sie!
Auf den Scheiterhaufen!
Ruhe!! Wir müssen nach dem Gesetz vorgehen! Das Gesetz wird hier vom Grafen von Gaudeluque repräsentiert, der, wie ihr wißt, immer ein ehrlicher, unparteiischer Richter gewesen ist!
Wo sind da die Ehrlichkeit und Unparteilichkeit bei diesen hirnverbrannten Hexengeschichten? Das zeugt nicht von Gerechtigkeit, sondern von Dummheit!
Wie kannst du es wagen? Wirst du wohl schweigen!
BUUH! MACHT SCHLUSS!!
SIE SOLL SCHWEIGEN!
BUH!
TÖTET SIE!
Nein! Ich schweige nicht! Ich bin Britta, die Tochter von König Markus, und ich verlange, daß man mich freiläßt!
Der Teufel gibt dir ein solches Gewäsch ein! Du glaubst doch wohl nicht, daß wir dir das abnehmen!?
Wenn ich bloß mein Empfehlungsschreiben wiedergefunden hätte... Alles hätte sich aufgeklärt.
Ja, aber du hast es nicht gefunden... Weil es nie existiert hat!
Äh... In den Ruinen habe ich ein Pergament aufgelesen.
!
?
?
Vielleicht ist es das?
OH! Mein Gott! Wir sind gerettet...
39

Wo... Wo bin ich ?
Wieso bin ich hier ?!
Ah ja... Die Verfolgungsjagd... Das Moor ... Und dann der Schwerthieb... Aber wer hat mich hierhergetragen und verbunden ?
OOH!!
Anscheinend tauchst du immer im richtigen Moment auf. Außerdem beherrschst du noch die Geheimnisse der Medizin und die Kunst, Verbände anzulegen !
Nnn... Nnn...
Anstatt zu knurren, solltest du mir lieber sagen, wer du bist ! Du bist sowenig eine Bestie wie ich ein Bischof !
Ksss... Ttt...
Autsch ! So kann ich kein Schwert halten ! Dabei braucht Britta mich... und Jeanne auch !
Verflucht ! Das schaffe ich nie !
Aber du... Du kannst sie noch retten ! Renn schnell ins Dorf ! Diese Schwachköpfe errichten bestimmt schon einen Scheiterhaufen, um Britta und Jeanne zu verbrennen !!
Rrr ?!?
WAOOAUUU
40

Wirklich steht in diesem Schreiben, daß du die Prinzessin Britta, die Tochter von König Markus, bist!
Aber was beweist das?
Wie? Ihr seht doch, daß dieses Pergament das Siegel meines Vaters trägt!
Ein Siegel kann man fälschen, meine Liebe...
Nichts ist leichter als das, wenn man mit dem Teufel verkehrt... Ha! Ha! Ha!
WAS? ABER...
Hört mich an! Ich erkläre, daß dieses Schreiben ein Werk Beelzebubs ist und daß es einen zusätzlichen und unwiderlegbaren Beweis für die unkeuschen Beziehungen darstellt, die diese sogenannte Britta mit dem Teufel unterhält. Aufgrund dessen verurteile ich sie zum Tode durch das Feuer. Wie es das Gesetz vorschreibt!
TOD!
Nein!
Und Jeanne?
Die Jeanne ist auch eine Hexe! Ich beschuldige sie, die Komplizin der Bestie zu sein!!
Diese Teufelin lebt ganz für sich und kommt nie zu unseren Festen!
Sie schläft lieber mit vier in rotes Tuch gekleideten Kröten!
Führt sie auf den Scheiterhaufen!
Ihr seid völlig von Sinnen! Das werdet ihr bereuen! Die Bestie wird mich rächen!
Kurz darauf, am anderen Ende des Dorfes...
Zündet die Reisigbündel an! Mögen die Flammen das Dorf reinigen!

WAOAUUAUUU
!
Die Bestie.
Verflucht !!
Endlich kommst du !
Schnell !!
Ihr Angsthasen ! Ich brauche euch nicht, um diese verdammte Kreatur zu vernichten. Das schaffe ich auch alleine !
Nicht so eilig, Hexe !!
Tod und Teufel, dich krieg ich ! Ich krieg dich !
Potztausend ! Ich wußte es ! Du bist keine Kreatur der Hölle !!
42

Bei allen Heiligen! Endlich erfahre ich, wer sich unter der Maske der Bestie verbirgt!
Empfiehl deine Seele Gott ... Wenn du noch eine Seele hast, Verräter!
Geh zum Teufel!
Ich muß wissen, wer du bist ...
Ich muß es ... ZUM HENKER!
HAN ...
Gerechtigkeit!
ZIIIIIIIHHH!!!
AAAHH!
?!
NEIN! Mein Gott! Das ist nicht möglich!
43

Ihr Pferd ist durchgegangen, Graf. Es rennt geradewegs auf das Moor zu.
?
Ah! Du bist's, Beauvin? Mm... Du hast mir das Leben gerettet.
Ich habe nur meine Pflicht getan, Herr Graf...!
Endlich lernen wir das wahre Gesicht der Bestie kennen!
Potztausend! Ich träume! DAS KANN NICHT SEIN.
Niemand darf das erfahren. Wir verstecken die Leiche, und morgen läßt du sie verschwinden!
Hörst du? Ich will ihn nie wiedersehen! Nie wieder!
Später, im Dorf...
Die Bestie ist tot! Sie wird euch nie mehr in Schrecken versetzen! Wir töteten sie!
JUHUUHH!!
JUHUUU!
Der heiligen Jungfrau sei Dank!
Und Jeanne?
Nachdem wir die Bestie getötet hatten, ist sie wie wahnsinnig geworden. Ihr Pferd ging mit ihr durch, auf das Moor zu... Nun! Dort muß sie versunken sein!
Die Gerechtigkeit hat gesiegt!!
JETZT ZU BRITTA!!
Diesmal kann Satan sie nicht retten!

Aber plötzlich...
Die Bestie ist wieder-auferstanden.
Gnade! Gnade!
Das... Das ist unmöglich! Er war doch tot... Er hat nicht mehr geatmet... und...
Verflucht! Das ist der Leibhaftige Teufel...!!
Die Stunde der Rache hat geschlagen, Jehan von Gaudeluque!
Schlange! Hier hast du deinen Lohn dafür, daß du vor zwanzig Jahren versucht hast, deinen armen Zwillingsbruder zu ermorden.
AAR ooo
Und deiner, Beauvin, dafür, daß du ihn diesmal wirklich umgebracht hast!
Schnell, Prinzessin!
Colin...! Du lebst!
Sie hat den Grafen getötet!!
Und Ritter Beauvin...
Die Hölle hat ihre Dämonen auf unser Dorf losgelassen... Wir sind verflucht!
45

Kurz darauf...
Ja, Prinzessin, die „Bestie" war niemand anderes als Simon von Gaudeluque!
Also war es Jehan, der vor zwanzig Jahren dieses schreckliche Verbrechen gegen seinen Bruder angestiftet hat?
Ich war in Jeannes Hütte versteckt, während sie miteinander kämpften. Von dort aus konnte ich alles sehen und hören. Jehan wollte allein über das Lehen herrschen. Doch sein Zwillingsbruder Simon, sein eigenes Ebenbild, stand ihm dabei im Wege. Um ihn zu beseitigen, heuerte er Beauvin und dessen Söldner an. Simons Frau wurde mit ihrem Säugling getötet. Simon überlebte seine Verwundung. Ihr wißt, wie's weiterging, Prinzessin... Wir sollten ihm jetzt seine Verkleidung und den Helm wieder anziehen...
Unglaublich! Der Arme hat zwanzig Jahre seines Lebens damit verbracht, Gespenster und Kreaturen des Teufels zu spielen... Ein bißchen verrückt war er schon!
Hmm... Oder vielleicht sehr schlau, wer weiß?
Ich trage ihn zu seiner letzten Ruhestätte... Dorthin, wo keiner ihn finden wird!
Ruhe in Frieden, „Bestie"... Ich habe dich gerächt! Jetzt bist du unsterblich geworden für diese Bauernlümmel, die nicht vom Aberglauben loskommen.
Als sie eilig diesen tragischen Ort verließen - anderen Abenteuern entgegen - bemerkten Britta und Colin nicht die Silhouette am Rande des Moores... Jeanne lebte. Sie kannte das Moor zu genau, um in eines seiner Schlammlöcher zu geraten...
Jeanne war verzweifelt, wollte ihren Schmerz herausschreien... und konnte doch immer nur dieselben Worte stammeln...
Ihr werdet nie erfahren, wer ich bin... Daß ich die Tochter der „Bestie" war...
Simon von Gaudeluque war mein Vater!!!
GENIN-CONVARD 82
46

Ende